CARLOS QUEIROZ TELLES

Sementes de sol

2ª EDIÇÃO

© CARLOS QUEIROZ TELLES 2003
1ª edição 1992

COORDENAÇÃO EDITORIAL	Maristela Petrili de Almeida Leite
EDIÇÃO DE TEXTO	Erika Alonso, Luiz Vicente Vieira Filho
COORDENAÇÃO DE PRODUÇÃO GRÁFICA	Fernando Dalto Degan
COORDENAÇÃO DE REVISÃO	Estevam Vieira Lédo Jr.
REVISÃO	Ana Freitas
COORDENAÇÃO DE ARTE	Wilson Gazzoni Agostinho
EDIÇÃO DE ARTE/PROJETO GRÁFICO	Ricardo Postacchini
CAPA	Rogério Borges
ILUSTRAÇÕES	Rogério Borges
DIAGRAMAÇÃO	Anne Marie Bardot
SAÍDA DE FILMES	Helio P. de Souza Filho, Marcio Hideyuki Kamoto
COORDENAÇÃO DE PRODUÇÃO INDUSTRIAL	Wilson Aparecido Troque
IMPRESSÃO E ACABAMENTO	PSP Digital
LOTE	290953

Dados Internacionais de Catalogação na Publicação (CIP)
(Câmara Brasileira do Livro, SP, Brasil)

Telles, Carlos Queiroz, 1936-1993.
  Sementes de sol / Carlos Queiroz Telles. — 2.
ed. — São Paulo : Moderna, 2003. — (Coleção veredas)

  1. Literatura infantojuvenil I. Título.
II. Série.

02-5957   CDD-

Índices para catálogo sistemático:
1. Literatura infantojuvenil 028.5
2. Literatura juvenil 028.5

ISBN 85-16-03501-8

Reprodução proibida. Art.184 do Código Penal e Lei 9.610 de 19 de fevereiro de 1998.

Todos os direitos reservados

EDITORA MODERNA LTDA.
Rua Padre Adelino, 758 - Belenzinho
São Paulo - SP - Brasil - CEP 03303-904
Vendas e Atendimento: Tel. (0_ _11) 2790-1300
Fax (0_ _11) 2790-1501
www.modernaliteratura.com.br
2020

Impresso no Brasil

*Este livro é pra Taiam, minha
sempre jovem companheira.*

Diário

Cruel dilema 8

Manequim 10

Vocabulário 12

Dois pra lá... 14

Cantada de verão 16

A partida da jovem senhora 18

Declacla... claração 20

Olhos 22

Voo noturno 24

Atração fatal 26

Eloquência 30

Salada mista 32

Boca livre I 34

Boca livre II 38

Mensagens ortopédicas 40

Dúvidas & Confissões

Ritual 46

O jovem Frank 48

Fotografia 52

Aviso 54

Primeira viagem 56

Insegurança máxima 58

Sementes de sol 60

Comparação 62

Supertreco 64

Santa de casa... 66

Profissão, paixão 68

Basta! 70

Memória fraca 72

Hora da verdade 74

Questão de paciência 76

Diário

CRUeL Dilema

Ir ou não ir
à escola…

Fazer da terça,
domingo.
Fazer da tarde,
recreio.
Fazer da classe,
preguiça.
Fazer da aula,
passeio…

Ir ou não ir
à escola…

Trocar a carteira
pela rua.

Trocar a prova
pelo vento.
Trocar a mochila
pelo sol.
Trocar o futuro
pelo momento.

Ir ou não ir
à escola...

Aprender a fazer,
olhando.
Aprender a falar,
ouvindo.
Aprender a saber,
fazendo.
Aprender a viver,
vivendo.

Ir ou não ir
à escola...

Eis a maior,
a única,
a verdadeira questão!

Manequim

Uma é grande.
Outra é pequena.
Uma aperta na cintura.
Outra amassa o bumbum.
Uma está larga.
Outra não fecha.

Vamos tentar de novo…

Com essa eu pareço um balaio.
Com essa eu me sinto um palito.
Com essa eu não posso comer.
Com essa não dá pra sentar.
Com essa… nem pensar,
vou ficar nua na rua!

É inútil insistir…

A culpa não é da marca,
nem da loja.
O erro é desse corpo
desproporcional,
fora de esquadro,
esquisito e torto,
fabricado sem número de série
nem controle de qualidade!

Ai que raiva… ai que ódio!

VOCABULÁRIO

Eu sei
que parece bobagem,
mas é legal
inventar palavra
que só a gente
sabe o que quer dizer.

Ou então
inventar um novo jeito
de dizer coisas antigas,
código, senha, segredo,
mensagem cifrada
pra adulto nenhum
poder entender.

Palavras
podem ser chaves.
Palavras
podem ser armas.
Palavras
podem ser muros.

Palavras bobas
que a gente ama,
podem não ser nada
e significar tudo.

A palavra

splin,

por exemplo,
que eu acabo de inventar,
quer dizer
menina bela,
namorada,
coisa linda,
gostosa de ver
e amassar.

Alguém
pode duvidar?

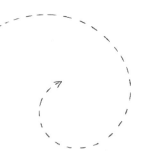

Dois pra Lá...

Essa história de dançar...

Não consigo aprender
o que fazer
com os pés
e com as mãos!

E hoje é o dia do baile!

Já ensaiei
diante do espelho.

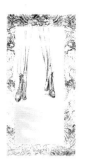

Já treinei
com meu irmão.

Falta de jeito danada!

Ai que ódio!
Desgraça dobrada
é nascer tímida
e desafinada.

E *ele* está me esperando...

Só me resta
entrar na dança
com a cara
e a coragem.

Será que eu vou conseguir?

Será?
Um pra cá...
Será?
Dois pra lá...
Será, seria, serei!

Consegui!

Cantada de Verão

Que tarde!

Além do calor e da prova,
aquela minissaia
sentada bem ao meu lado!

Assim não há memória
que resista...

O coração derretido
escorre pela carteira
e as equações se desfazem
em desejo e emoção.

E haja concentração!

X menos Y vezes um joelho
mais o quadrado de um tornozelo
bem torneado...

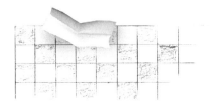

Ritinha! Psiuuuuu...
Olha aqui... sou eu...
Levanta, menina! Um pouco mais...
Mais... Cuidado com a professora!
Assim! Mais pra cima!
Eu preciso ver tudo!
Aí está quase bom.
Isso! Agora vira
um pouquinho de lado:
X mais Y...

Joia de garota!
Bonita e estudiosa...
Obrigadinho, neném.
A questão 3 eu já copiei...

A Partida da Jovem Senhora

Já que eu não posso mesmo
mudar de pai,
mudar de mãe,
mudar de irmão,
mudar de casa,
mudar de escola,
mudar de nome,
mudar de amigos...
só me resta um caminho:
fazer as malas,
fazer a coragem,
fugir da cidade
e fugir da família!

Com a cara e a esperança
começarei outra vida!
Trabalharei dia e noite,
solitária e decidida!
Ganharei muito dinheiro!
Serei amada e amarei...
Rica, casada e famosa,
só então eu voltarei!

Assim será minha vingança:
ver a cidade a meus pés!
Pai e mãe, irmão e irmã,
toda a turma de joelhos,
pedindo perdão aos prantos
por não terem me levado
ao baile de formatura
da minha prima Margarida!

DecLacla...ClarAção

Eu só quero saber
como é que eu vou fazer
para dizer tudo a ela.
Tudo, tudo,
de uma só vez,
sem engasgo,
sem brecada
e sem nervoso.

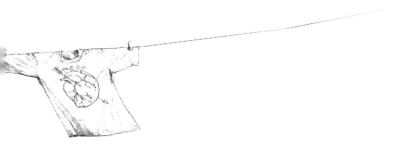

Ah! Se eu pudesse falar
tão depressa
quanto corre o pensamento,
tão bonito
quanto sonha a fantasia,
eu lhe diria,
baixinho:

Queque... querida!
Minha voz é atrapapa... palhada,
mas meu amomo... mor
é pepe... perfeito!

Olhos

Aquele menino tem uns olhos...

Acho que foi o diabo
que misturou as cores
de tanto brilho!

Por mais que eu olhe,
de frente, de lado,
na sombra, na luz,
não consigo descobrir
uma cor pra batizar
o calor daquele olhar.

Pedra que solta faísca,
raio fino de luar,
tudo o que eu quero
é ser vista
naquele fundo de mar.

Já tropecei na sua frente,
já me vesti de piranha,
já fiz cara de bandida,

já gastei meu repertório
de inocência e santidade!
Aqueles olhos não querem
descobrir o meu olhar.

Mas agora é demais!
Já tomei minha decisão.
Chega de sofrimento!
Chega de humilhação!
Nunca mais vou implorar
um segundo de atenção
daqueles...
        queles...
                eles...

daqueles olhos tão lindos
que estão olhando para mim!

Voo Noturno

Aí ela veio
chegando bem perto,
bem perto,
bem perto...
e me deu um abraço,
e me deu um beijo,
e me deu um amasso,
e me deu um riso maroto
e me disse no ouvido:
"garoto, garoto..."
e me jogou na cama,

e me jogou no céu,
e me fez planeta,
e me fez cometa,
e toda nua
me fez ser lua,
astro, sol, estrela,
cosmonauta tonto
na órbita louca
da sua boca infinita,
girando, girando,
girando no espaço,
até cair de explosão,
até cair de cansaço
do abismo negro
daquele abraço...

e acordar embrulhado
no lençol molhado
de sonhos e de sol.

Atração Fatal

Mas que azar!

Como é que eu fui gostar
de um homem
tão mais velho?

Podia ser meu pai?
Podia…

> Mas também podia
> ser meu mestre,
> ser meu guia,
> bem-amado professor
> dos deveres do amor.

E agora?
O que fazer?

Fazer de conta,
talvez,
que eu tenho a sua idade?

Fingir que sou uma fã secreta
e lhe escrever uma carta
de anônima paixão?

Ou simplesmente esquecer,
desistir e não mais sonhar
com este amor
eterno e terrível,
com este amor
impossível...

Pensando bem,
o melhor é esperar.

Em matéria de idade,
tamanho e acabamento,
a diferença de agora
pode até ser passageira.

Com um pouco de paciência,
muita ginástica,
vitamina e alongamento,

logo-logo eu chego lá!

ELOQUÊNCIA

Falar em público?
Eu?
Fazer um discurso?
Eu?
Nem pensar...

    Podem procurar
    outro otário
    para saudar
    a professora
    pelo seu aniversário.

        Nem duas, nem uma,
        nem meia palavra!
        Façam de conta
        que eu sou gago
        ou que sou mudo!

E não me venham
com essa conversa
que mais parece chantagem...
Eu não vou ser aprovado
só por causa dessa bobagem!

Ou será?
Pensando bem...
Não custa nada tentar:

Senhora Dona Maristela,
nossa mestra mais querida!
Estamos aqui reunidos
para uma sincera homenagem
... e blá e blá e blá-blá-blá!

Salada Mista

Bem...
Eu sei que é difícil,
mas vou tentar explicar.

Eu sou
filho primogênito
e tenho dois irmãos mais velhos.
Eu também
sou o caçula
tendo dois irmãos mais novos.

Do meu pai
sou o mais velho.
Da minha mãe
sou o mais moço.

Por parte de mãe
sou irmão dos dois mais velhos.
Por parte de pai
sou irmão dos dois pequenos.

Juntando todas as partes
eu tenho quatro irmãos
e sou o filho do meio.

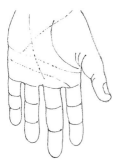

Se ainda não deu para entender
eu vou explicar melhor.

Minha mãe
tinha dois filhos
quando se casou com meu pai
e meu pai teve dois filhos
depois que se separou
da mãe de meus irmãos maiores
e se casou com a mãe
dos meus pequenos irmãos.

Ao todo, nesta salada
de amor e confusão,
cabem dois pais, duas mães
e cinco queridos irmãos!

Cada um com seu lugar
dentro do meu coração...

Boca Livre I

Era só o que faltava…
nem posso me olhar no espelho.

Maldito dentista!
Maldito aparelho!

Minha boca mais parece
o focinho de um coelho…
Bicho dentuço, danado,
beiço de arame farpado,
um idiota perfeito.
Quase morro de vergonha
com esta cara de fedelho!

Maldito dentista!
Maldito aparelho!

Como é que eu faço agora
pra beijar minha menina?
Como é que eu faço agora
pra chupar uma mexerica?
Como é que eu faço agora
pra destravar esta língua?
Como é que eu faço agora
pra mascar o meu chiclete?
Como é que eu faço agora
pra jogar cuspe a distância?

Maldito dentista!
Maldito aparelho!

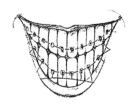

Minha única vontade,
nesta hora de tormento,
é ter uma bruta coragem
e um alicate bem grande
para poder arrancar
esta tralha da minha boca
e gritar alto pra todos
meu alívio e meu conselho:

Viva a lei da boca livre!
Viva o direito sagrado
de sorrir atravessado!
Quero um canino bem torto
e um molar encavalado.

Melhor ser dentuço em pé
do que sorrir de joelhos!

Malditos dentistas!
Malditos aparelhos!

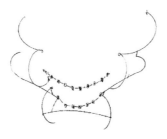

Boca Livre II

Valeu!
Valeu!
Valeu!

Dizei-me agora
espelho,
espelho meu,
quem tem um sorriso
mais súper,
mais híper,
mais lindo do que o meu?

Bendito sacrifício!
Bendito sofrimento!

Meu adorado dentista!
Meu querido aparelho!

Vou procurar hoje mesmo
um emprego de modelo
pra anunciar dentifrício:

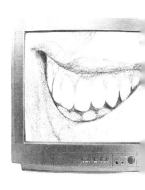

Aaaaaaaaaaahhhhhhhhhhh!
Eeeeeeeeeehhhhhhhhhhhh!
Iiiiiiiiiihhhhhhhhhhhhh!
Ooooooooooohhhhhhhhhhhh!
Uuuuuuuuuuuhhhhhhhhhhhh!

Mensagens Ortopédicas

Creque!

O joelho dobrou esquisito.
A dor subiu pela espinha.
O grito empacou na garganta.

Droga!

Socorro, gente... me acudam!
Acho que quebrei a perna...
Quebrou... confirmam as caras
debruçadas sobre mim.

E agora?

Pega com jeito... Cuidado que dói!
Vai devagar... Toca pra enfermaria.
Não aperta! Não cutuca! Ai!!!
Se não estava quebrado, agora quebrou.

Porcaria de time!

Maldito futebol! Raio de campeonato!
Droga de bola dividida! Desgraçado beque central!
Ai... lá vou eu para o hospital...
Ainda bem que a turma está firme ao meu lado.

Gente legal!

Puxa, repuxa, encaixa, acerta, emenda,
enfaixa, aperta, engessa... pronto!
Manquitola e conformado, o atleta glorioso
volta ao campo de batalha.

Curiosidade geral.

Engraçadinhos a postos empunham suas canetas
e iniciam a ofensiva de recadinhos no gesso.
São grafites de pura inveja
e oportunistas juras de amor:

Te amo mesmo assim.

Perneta!

Agora você não vai fugir de mim!

Manquinho!

Até que enfim vou ser titular.

Tomara que fique três meses na cerca!

Amoreco!

Conte sempre com o meu ombro amigo.

Deixa que eu chuto.

Perna de pau!

Engraçado este mundo!

Foi preciso uma fratura
pra descobrir como é bom
ter amigos e atenção.
E tem mais!
Minha perna, de repente,
serve até para colar:
entre um recado e outro
cabe bem uma equação!

Santa bola dividida!
Querido beque central!

Dúvidas & Confissões

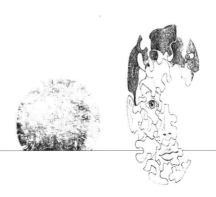

RITUAL

Este corpo
que agora me veste
ainda é casca
e casulo
de um outro bicho
que cresce.

    Esta capa
    que me acompanha
    desde os tempos
    de criança
    desce inútil
    aos meus pés.

        Sou a ponte
        que me liga.

        Sou o gesto
        que me une.

            Sol e lua,
            noite e dia.

                Sou o fui
                e o serei.

Este tempo
que me guarda
para um outro
amanhecer
é lembrança
e é promessa,
recordação
e esperança,
morte e vida
enoveladas
na meada
das mudanças.

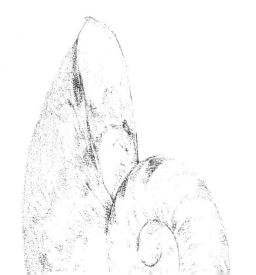

O Jovem Frank

Às vezes eu me pergunto
que diabo de papel
estou fazendo aqui.

Não pedi para nascer,
não escolhi o meu nome,
e tenho um corpo montado
com pedaços de avós,
fatias de pai
e amostras de mãe.

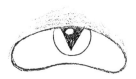

Nas reuniões de família
o esporte predileto
é dissecar Frankenstein:

"Os olhos são dos Arruda…"
"Os pés lembram os Botelho…"
"Tem as mãos do velho Braga!"
"… e o nariz é dos Fonseca!"

Certamente o resultado
de um tal esquartejamento
não pode ser coisa boa,
pois tantos retalhos colados
não inteiram uma pessoa.

Sendo assim… eu não sou eu.
Sou outra coisa qualquer:
um personagem perfeito
para filme de terror,
um androide, um mutante,
um bicho extraterrestre,
um berro de puro pavor!

Graças a Deus meu espelho
não é daqueles que falam…
Diante dele, com cuidado,
posso até reconhecer
este rosto que é só meu
e sorrir aliviado:

cheio de cravos e espinhas,
pode não ser um modelo
de perfeição ou beleza,
mas com certeza é alguém
e esse alguém... sou eu, sou eu!

FOTOGRAFIA

Um homem, uma mulher,
uma criança.

Com alguns cabelos a mais
este homem é meu pai.

Com algumas rugas a menos
esta mulher é minha mãe.

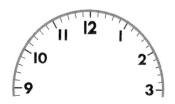

A criança, muito pequena
em seu xale e sua touca,
não parece que sou eu.

Mas os sorrisos atestam
serenos laços de amor.

O tempo trata as pessoas
com medidas diferentes.

Pelo espelho do retrato
fui eu quem mais mudou.

Pai e mãe estão iguais.
Quase iguais... quase.

Por que será que se sentem
tão mais velhos do que eu?

Por que será que não podem
aceitar que eu cresci?

Por que será que se afastam
tão velozmente de mim?

Aviso

Chega uma hora na vida
em que tudo o que mais quero
é poder ficar sozinho.

Sozinho para pensar.
Sozinho para entender.
Sozinho para sonhar.
Sozinho para tentar
me encontrar ou me perder.

Índia não tem filho no mato?
Elefante não morre sozinho?

Por que será
que eu não posso
ficar quieto no meu canto?

Vou pendurar um cartaz
bem em cima da minha cama:

Silêncio! Jovem crescendo!

Primeira Viagem

De repente sou eu só
com minha pouca bagagem
e meu leve coração.

Adeus pai,
adeus mãe,
adeus irmão!

Na solidão da partida
me despeço da criança
que nunca mais hei de ser.

Sem passos para seguir,
sem mãos para segurar,
sem vozes a obedecer,
vou inventar meus caminhos
a partir desta viagem!

O mundo até que é pequeno
quando é tão grande a coragem.
Minha vida me pertence.
Tudo agora é embarque.
Tudo agora é passagem.

Respiro fundo a emoção
de estar sozinho comigo
e mergulho na paisagem.

Insegurança Máxima

Ser ou não ser,
ter ou não ter,

comer ou não comer,
beber ou não beber,

viajar ou não viajar,
beijar ou não beijar,

vestir ou não vestir,
sair ou não sair,

amar ou odiar,
dormir ou acordar,
brigar ou namorar,
passear ou estudar,
aceitar ou protestar,
afinar ou encarar
as grandes dúvidas
desta vida:

Será que eu sei o que eu sou?
Será que eu sei o que eu quero?
Será que eu sei o que eu sinto?

Será que essa cuca confusa
cheia de issos ou aquilos...

Será...

Será que isso sou eu?

Sementes de Sol

O corpo é o mesmo.
A pele é a mesma.

Tudo é igual
mas tudo mudou...

O que era gostoso
virou prazer novo.

O que era carinho
virou sensação.

A cabeça comanda
a teia dos dedos

tecendo sentidos,
acordando emoções.

Alguém amanhece
dentro de mim.

Alguém que conhece
o que ainda não sei...

As sementes de sol
que eu trazia em silêncio
iluminam o desejo
que explode na boca
e brilha nas mãos!

Comparação

E agora?
Como é que eu vou saber
se eu sou normal?
Os amigos
da minha idade
são tão diferentes…

Alguns
já são peludos
e outros
quase pelados.

Tem gente
de rosto liso
e gente
de cara barbada.

E o tamanho...
do que interessa,
tem de tudo:
grande, médio e pequeno.

Ninguém sabe
o que é certo!

Como é duro
e complicado
ser assim indefinido,
um pedaço meio homem
e outro meio menino...

SuPertrecO

Dos medos todos que eu tenho,
o maior é o de ter medo.

Às vezes eu fico pensando
como é que vou fazer
se na hora do aperto,
de um perigo de verdade
— fogo, ladrão ou naufrágio —,
a coragem me faltar...

É tão pequena a distância
entre correr e ficar,
entre fugir e enfrentar,
entre bater e apanhar...

Como sofre quem não sabe
o que será quando preciso:
se herói ou se covarde,
se um rato ou se um homem...

Nessas horas de dilema,
melhor é mudar de assunto
e trocar de pensamento.
Besteira sofrer por conta
do que está pra acontecer.

Quem sabe até eu não seja
um supertreco qualquer?

Santa de Casa...

Eu juro que não entendo
por que tanta bronca em casa...

Quando as amigas me convidam
para passar o fim de semana
junto com suas famílias,
eu só recebo elogios
por meu bom comportamento
e minha fina educação:

"Que menina atenciosa..."
"Tão ordeira e prestativa!"
"Um exemplo de garota!"
"Volte sempre que quiser..."

Não sei por que minha mãe
se recusa a acreditar
que essa santa criatura,
sincera, inocente e pura,
seja sua filha querida...
ideal pra uso externo,
perfeita pra exportação!

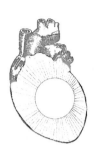

PrOfissão, PaIxÃo

Finalmente eu decidi!
Depois de muito pensar
e de tanta indecisão
descobri minha vocação.

Entre os caminhos da vida
já fiz a minha opção:
daqui pra frente serei
profissional da paixão!

Apaixonado por tudo
vou cultivar a emoção
de mergulhar neste mundo
com a cabeça e o coração.

No amor serei tremendo,
no esporte, um fanático.
Farei tudo o que sonhar...
Serei um cara fantástico.

Quero ter uma aventura
a cada dia da vida...
Quero provar o prazer
de só tentar o impossível.

Quero colher, com desdém,
poder, glória, prestígio.
Construirei minha lenda
entre a fama e o perigo!

Mas se algo não der certo
nesta proposta espantosa...

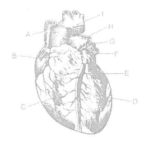

Saberei ser mais modesto
e curtir uma vidinha
simples, feliz e gostosa.

Basta!

Agora chega!

Chega de obedecer,
e de ficar calado.
Chega de ter que fazer
tudo que eu não quero
e acho errado!

Agora chega!

Chega de comer pepino
e de engolir ovo quente,
chega de dormir cedo
e acordar mais cedo ainda,
chega de visitar a avó,
a tia, a prima, o padrinho...

Chega de prestar contas
do banho tomado,
da roupa escolhida,
do uniforme da escola,
da nota da prova,
de cada segundo,
de cada respiro!

Chega, chega... e chega!

Liberdade ainda que tarde!
Independência ou morte!

Manhêêêê!
Onde está a minha roupa de goleiro?
Paiêêêê!
Quero o dinheiro da minha mesada!

Memória Fraca

No meu tempo…
murmura vovô.

    No meu tempo…
    relembra vovó.

        No meu tempo…
        critica mamãe.

            No meu tempo…
            esbraveja papai.

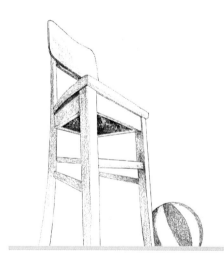

Tenho pena desse tempo
em que isso não podia,
aquilo não se fazia,
tanta coisa era proibida,
e tudo que divertia
tinha cara de pecado,
parecia perversão!

Tenho pena dessa gente,
minha gente — tão querida! —
que hoje nem sabe o que sente
ou se sabe, sabe e mente...
para esconder a saudade.

Tenho pena... e tenho raiva!

Será que antes de mim
ninguém nunca foi jovem
nesta casa?

73

Hora da Verdade

Chega um momento
em que é preciso encher o peito,
engrossar a voz
e impor respeito:

Vocês sabem
com quem estão falando?

Chega um dia
em que o único jeito é colocar
cada pingo no seu i,
cada coisa em seu lugar:

Que idade
vocês acham que eu tenho?

Chega uma hora
em que se deve enfrentar a situação
e dar um basta final
às forças da opressão:

Há muito tempo
que eu não sou mais criança!

Chega um instante
em que os pais precisam entender
que os filhos não podem
deixar de crescer:

Olá, pai. Olá, mãe.
Eu sei que foi de repente,
mas a vida é assim mesmo.
O seu menino virou gente.

Questão de Paciência

Meu pai
não sabe de nada...
Minha mãe
menos ainda!

Tudo
o que eles acham
eu não acho.
Tudo
o que eles pensam
eu não penso.
Tudo
o que eles gostam
eu odeio!

Minha mãe
não sabe de nada...
Meu pai
menos ainda!

E não adianta eu falar,
insistir e demonstrar
que eles estão enganados!

Só o tempo vai mostrar
que eu sou o único certo
sob o teto desta casa!

Meus pais
não sabem de nada...
mas com a minha ajuda,
paciência e boa vontade
eles hão de aprender ainda
esta límpida verdade:

Ser pai não é ter razão,
ser filho não é estar errado!

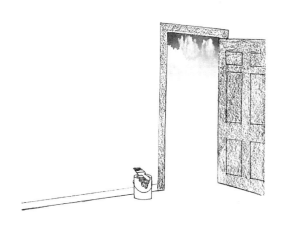

AUTOR E OBRA

Confesso, com um pouco de vergonha, que houve uma época na minha vida em que eu tinha muita vergonha de sentir que era um poeta.

Ser um poeta parecia então uma coisa do outro mundo — um desligado, maluco, irresponsável... em resumo, um ser dispensável e inútil.

Naquela época eu ainda era garoto. Tinha treze saudáveis anos e uma fome de vida que incluía e misturava tudo: saber, amar, jogar futebol... e criar versos.

Fazer poesia era uma brincadeira gostosa e o prazer de acertar um verso bonito trazia a mesma sensação de alegria de voar em direção a uma bola e defender um pênalti.

Só com o tempo (muito tempo!), eu fui entender a verdadeira utilidade da poesia e a função do trabalho de um escritor de versos.

Hoje, com muita simplicidade, eu aprendi a dizer: Quem diria! Então, no final das contas, o menino Queiroz era mesmo um poeta! Penso também, com a maior humildade, que quarenta anos de versejamentos me ensinaram para que serve na verdade um poeta:

— para descobrir em tudo e em todos a beleza da vida.
— para inventar as formas certas de descrever essa beleza.
— para provar que a emoção é a única irmã da verdade.
— para falar pelos que não sabem usar a própria voz.
— para servir. Serve para amar. Serve para ser amado.

É isso aí. Agora, por favor, tomem nota de um pedido. Cultivem com carinho as suas sementes de sol. A colheita, eu garanto, será serena e será luminosa. Palavra de poeta.

Carlos Queiroz Telles

Nota do editor: Carlos Queiroz Telles faleceu em 17 de fevereiro de 1993, no momento mais criativo de sua carreira.